JN096515

冬のつばさ

大塚洋子　歌集

青磁社

*目次

歌集

冬のつばさ

装幀　花山周子

海

ぽつかりと口開けて眠る少女ゐて車窓に凪ぎたる海の広ごる

帰り道に落としし青きイヤリング小犬の耳にゆれてゐるやも

きつちりと設定されてゐるやうだ朝と夕べに蕁麻疹出づ

くつくつと声してふるへる人の背に何が可笑しいと怒りて目覚む

鯖雲の下に灰色の雲ひとつ在るを見つめてゐたり車窓に

友達に転倒防止の体操を教はるもその日やりしのみなる

思慮深き声と思へりでてつぽつぽ溢(こぼ)したコーヒー拭きつつ聞けば

小蕪

神の手が雲をちぎりて降らしめし大小の雪が朝の窓辺に

地に着きてたちまち消ゆるぼた雪の渦に舞ひつつ初雪の降る

海の上にいくつもの雲つらなりて今日の晴天は今日までといふ

やはやはと葉つぱのそよぐ菜園に兎のやうな小蕪を抜きぬ

夕ぐれの門柱の上の人形のま白き指が老いはじめたり

坂の上より

鳶の眼にわたしは入りてゐるだらうか大きつばさが頭上を過ぎる

ゆつたりと朝空をゆく大とんび吸ひこまれたり空のふかみに

冬空に残る白菜色褪せて古き障子紙巻きしやうなる

おごそかに遅れてバスがやつて来る西陽ざらつく坂の上より

山門の桜

靴紐を直すと屈みし夫の背の後景はいつも霧の立ち込む

夫眠る寺の山門満開のさくらおほひぬ娘とくぐる

長元坊かか鳴く山門誰もをらず細き流れの水の音聞こゆ

姑の誕生日なれば赤飯が残りてをりき夫逝きし朝

声高に外国語話す人らゐて隅つこにひとり夜の電車に

眼鏡かけし女の遺体が菜の花の土手にみつかると夜更けのニュース

もくもくと娘がご飯をおかはりす黄砂降りたる夕べの夢に

らつきょう

らつきようの根を切りて放つ水のなか起上り小法師のやうに揺れつつ

換気扇をザザッと鳥が震(ふ)りてゆくぎこちないだらう飛び立つ足は

朝の廊下に新聞紙くくりゐて見ゆる派遣切り八万五千と

をちこちに凌霄花の咲き初めぬどこでも何かに巻きつきながら

海に向く墓地ひとところ新しき花やビールが溢れてをりぬ

空色やピンクや黄色の屋根のあり丘の上に夏がはやばやと来る

立ちつくし昼の雷雨を見てをりぬ雨粒つぎつぎ鋪道を駆ける

訃が朝刊に

間違ひなくゑくぼの笑顔そのままに河野裕子の訃が朝刊に

猫のトムが死にましたとふ歌を昨夜（よべ）見しばかりなる逝くとは思へず

死はほんたうになりにけり十月には「河野裕子を偲ぶ会」ある

偲ぶ会にゆけば会へると思ひたし黄のツーピースの河野先生に

入会して間なき大会臆せずに来るようにとのハガキくれにき

「手をのべてあなたとあなたに」師のうたを読めばコスモスさはに揺れ出づ

水の匂へり

朝の庭に草ひきをれば頬過ぎる風はほのかに水の匂へり

足で足を洗ふ心地よさ古里の井戸端の匂ひふつと顕ち来ぬ

絞り出されたやうな桃色の芙蓉の花丘の公園に大きく開く

水道の検針の人が白きシャツ脹らませゆく青葉のなかを

二時四十六分

天井を見つつ廊下に立ちつくす大きな揺れにドアまでゆけず

割れし皿を拾ひてをればボボボーン遅れて三時を時計が告ぐる

激震の過ぎたる夕べジャケットのファスナーふるへて噛み合はずをり

夕ぐれの西日がけふはぎらぎらと使へぬ風呂場を照らしてをりぬ

子の書きし原稿用紙の数独を解きつつ紛らす余震来るなか

水道も電気もガスも止まりたり窓辺に寄りて陽のひかり浴ぶ

大地震(なゐ)に街灯ともらず三月の星空の近し庭にあふぎぬ

情報のまつたく入らず川の水トイレに流す幾日の過ぐ

満腹感味はふことはいけないと息子の言ひてピザを取り置く

大地震（なゐ）は水をも奪ひてゆきたるかひゆうひゆうと乾く地面もわたしも

冷凍の解けたるもののもなくなりてけさは最後の乾パン開ける

海の面を宥めるやうに大いなる太陽のぼる深き底より

ムスカリ

わが里の祇園櫓の鈴のごと風吹けば鳴るかムスカリの花

震災に籠りてをりて外に出れば花韮が咲くムスカリが咲く

原発の事故をも知らず私達給水の列にマスクもせずに

何ゆゑにスリッパ持ちて道端に出でしか大地震（なゐ）止みし直後に

黄の色の花びらきちんと五弁なる地縛り余震に揺るる門先

ひそやかに割れてゐるなり家のうらに空鉢なれば気づかれもせず

雲の間を渡らふ月の細きかな今日もありたる地震速報

地潜り

象さんの鼻に乗りたる昨夜の夢思ひつつ朝のパン買ひに出る

地割れより出でし地潜(ぢむぐ)りか黄褐色の小さき頭光りてをりぬ

初夏の敷石の上(へ)に地潜りは伸び切りしゴムとなりて死にをり

筑波山の片側の裾野うつすらと浮き上がり見ゆ雨の車窓に

ガウン着て「月面着陸」夫と見き寄り添ふわれら一番若く

筑波山のふもとに嫁ぎて十二年たつた十二年妻でありしよ

一日がけふは長かつた娘の言ひて用件のみに電話の切れる

始発電車

ひんやりと朝の吊革湿りもつ車窓に鯖雲広がりゐたり

深酒の人が握りし吊革もあるべしと思ふ始発電車に

あの日から三月（みつき）が過ぎて何ゆゑに洗濯機動かず冷蔵庫冷えず

退職にわれがいただきし美濃焼の梅の壺地震(なゐ)に割れて無きなり

父の欅

八溝山の前に長靴の五人揃ふ父の写真に「神戸節」も

＊古里の歌人の神戸節は歌集『筑東集』がある

里の義兄の法事のハガキが届きたり天気雨降る秋の日ぐれに

父植ゑしプラタナスあらず裏庭にがうがうさやぐ欅もあらず

火事になり家失ひし少年のわが隠居屋にひと冬をゐき

焼け出されし家の少年に教材のソロバンを先づと父の買ひ来し

雪の日の父は二重廻し着てをりきおおと言ふだらう道に会うたら

阿武隈の尾根

玄冬の夕映え長し連なりて駱駝わたりゆく阿武隈の尾根

冬の陽がわが部屋照らしてゐたのだらう夕べ帰れば陽の匂ひする

洗ひたるシャツの温かさ気持よさ改めて知る震災ののち

革靴の脚のみ映れりまとまらぬ代表質問に貧乏揺すりが

見たことのある田舎道をふらふらと歩きまくれり夕べの夢に

夢のなか小高き丘の家の前知らぬ男が馬など曳きて

鴉もわれも

車窓より見るけふの海凪ぎゐたりあの日よりまだ浜には降りず

ビルのごと立ちたる煙突この朝(あした)けむりの上がるを初めて見たり

好文亭の土壁の修復の砂作りにふた月余りかかりたるとふ

梅祭りに合はせて修復したといふ偕楽園の好文亭なり

写真のなか私はどこにと見つからずおほよそいつでもうしろに立つゆゑ

何がなし私が小さくなりてゆくボンタンアメをキオスクに買ふ

くたびれて帰りし夕べ北風にあふられゐたり鴉もわれも

鬱々と帰り来てまつさきに洗ふ手の洗へど洗へど泡の立たざり

森林公園恐竜広場

休日の恐竜広場に人をらず葉つぱ銜へて恐竜が立つ

朝よりの青空一気にくらぐらと雲の出でたり恐竜広場

実物大恐竜模型の十四体夜更けにのつそり歩きをらむか

水が水を呼びたるやうに降り始む楮川（かうぞがは）ダムは雨にけぶれる

筒　姫

電柱を映して水張田光りゐるゆらゆら電柱を脹らませつつ

木犀の根つこ地面より迫り出して白く乾涸ぶ骨のごとくに

半纏木（はんてんぼく）の別名もありゆりの木に大き葉つぱがわさわさ茂る

ゆりの木のみどりまばゆし筒姫が花より出さうだ夏を告げむと

井戸水に冷やしし西瓜上げるのはいつも父なりわれ伴ひて

若き日の友の名がある春の叙勲「国を治める」と昔言ひにき

ものがよく壊るるものぞアイロンがいつまでたつても熱くはならず

笹鮨を食べては笹をきつちりと重ねる息子儀式のやうに

夏の記憶

夢のなか娘と姪が入れ替はるどちらも勝ち気に違ひなけれど

夫の声記憶となりてしまひたり七月の寒き朝に逝きにし

夫の言ひし言葉は確とありにしも声はおぼろになりゆくあはれ

従兄の葬りにゆきぬ幼き日母と登りし坂をのぼりて

常会かと十人家族を言ひにしと母の実家にわれは幼く

台風が近付く七月二十七日夏の終はりのやうな風吹く

一日中蟬がびんびん鳴くばかり雨を待ちても雨は降らずも

案山子

午前五時地震(なゐ)にゆがみしブラインドの隙より朝日が壁に灯れる

カチカチといふ音の無き目覚し時計蟻這ふやうに秒針速し

前をゆく軽トラックの荷台に見ゆ柴犬一匹、案山子一体

九月なるに今だ日差しはぎらぎらと花貫川は白くかすみて

稔りたる谷津田の案山子やうやくに腰伸ばしたといふ感じなり

テレビでは六十五歳のお年寄りと背中に聞きつつ梨の皮剝く

生栗を食べるとおできが出来るとぞ母の言ひにき雨の茶の間に

やれやれと帰りし息子か夕暮れの空をしまらくあふぎてをりぬ

青鷺の鳴き声ガオッと稔り田に声のくぐもる十六夜の月

何ヶ月ぶりの末の子か糠床の作り方聞く夜の電話に

消灯

どの人もみな前向きて座りゐる待合室に空席あらず

入院の日の決まりたり取り敢へず水仙の球根十個を植ゑる

米粒ほどの癌もないよと先生は腫れたる腋窩のリンパ節とる

潜在性乳癌といふ考へても事実は変はらず　もう忘れよう

かはいさうな人では私はないのですどなたの見舞も固く断る

看護師の温き言葉に泪するこんな泣き虫ほかにはをらず

夜の九時消灯過ぎても夜鴉の鳴きさわぐなり鳴き止まずなり

一、二日に病室の人替はりたり空くことのなき賃貸のごと

高台の三階の病室よく照りてうすむらさきに空の昏れ初む

コツコツとヒールの音のするたびに娘かと思ふ夜のベッドに

日本水仙

水仙のかをりを乗せて「塔」が届く生きる力を歌はくれたり

春浅き空映す窓に光りをり山鳩の白き胸が傾く

朝の陽のくまなき庭に真つ白な日本水仙十個が咲けり

ママ、ママと幼子の声に振り向きぬああわたしはまだ母親なのだ

重さうな羽根はばたかせ鴉ゆく雨の上がりし冬田の上を

七十のおばあさん何を泣いてゐるキッチンの窓に冬の夕映え

つながつてゐるも悲しきわが泣けば泪は鼻に流れ来るものを

春夜の孤月

春の水豪快に飲みて噎せてをりからんと明るい朝の厨に

『雲迅く』の表紙のやうなけふの空大窓を鳥が過ぎてゆけり

＊私の第二歌集

さくら咲き木蓮が咲き春四月消えさうな虹が団地の上に

柿の木に犬をつなぎて翁ひとり春の畑を耕しゐたり

押し並べて夫を伴ひ来てをりぬ総合病院待合室は

一日中バッグの中に持ち歩きしハガキ投函す団地のポストに

ロボットが「オカヘリ！」などと盗人に言ふかも知れず春夜の孤月

「爪につめなし瓜につめあり」母が教へくれにき夜の爪切る

潮のかをり

海風に潮のかをりの心地よし大会帰りにバス待ちをれば

新しく備へられたる拡声器四方を統べて園の真中に

ドア開ければ十五夜の明かり枕辺をずり落ちるやうに照らしてをりぬ

十五夜の明かりが傾きかけし頃震度五弱の地震に揺るる

桃色のコスモス咲けり思ひ出はあの頃の河野裕子選歌欄

雉鳩

手袋をつけて寝たるに目覚むれば枕辺にふたつ並べてありぬ

ハンドルを大きく切りて落とししか雪のかたまりが道の真中に

冬の窓にぶつかりし鳩がばたばたとつばさ立て直し飛んでゆきたり

雉鳩が衝き当たりたる大窓に白く残れる飛翔のかたち

うすら陽にレースのカーテン透きて映る裸木の雀影絵となりぬ

はろばろと昔の恋の夢に覚む真冬の雨が窓を打つなり

一面に雪のたんぼが広ごりぬパラボラアンテナ近く迫りて

巨大なる蝙蝠傘がさかさまに裏側見せてけふのパラボラ

隠居屋にゆくたび踏みしよ月明りの庭一面に欅の枝が

冬の陽といふ字ゆゑなく親しかりわたしはいつも寒いのだらう

春の真盛り

電線の鳩をあとから来たる鳩が突きて退かしをり春の真盛り

阿武隈の尾根の芽吹きにさくら花夕べ佐保姫が置きてゆきしか

涸れ川にせり出して椿咲きてをり山からの風にあふられながら

サッカーのグランドなりしが一面に太陽光のパネルきらめく

春月の月のうさぎが跳ねてをり雨戸閉めむと立ちたる窓に

雨

いづこかの犬吠え捲る朝なりダム放水のサイレンが鳴る

カーテンのレールに蝙蝠ゐるやうな気がするけふも朝から雨だ

歌会果て寄りたる浜は満潮にくろぐろと怖し人のをらざり

烏帽子岩の朱の透かし百合散りたれば海面に花片浮くもあるらむ

ベランダまで朝顔咲かせる角の家けさは柴犬眠りてをりぬ

これからは何が起きるかわからない激しき雨音夜半に聞きつつ

丸き傷痕

閑散としたる家並がグーグルに　腕まくりして私が映る

音立てぬ時計はこの世の外のごとただ秒針を進めてをりぬ

花の苗買ひ来たるまま勝手口に茎やはやはと箱に花咲く

震災に揺れに揺れたるサイドボード床に残れる丸き傷痕

壁のクロス張り替へに机退かしたれば部屋の四角が寒さうにある

使つたら戻しておいてと言はれをり息子はいつも正しいけれど

めちやくちやに吹き荒るる風吹き荒れてもういいだらう　電車動かず

午後になり明るみて来し山の上の青空は遠き海のやうなり

星印五つの「数独」まだ解けぬ窓に張りつきて蛙動かず

蟷螂

青色にむらさき混ぜたるやうな海五月の電車に暖房入る

早口になるは自信のあらぬゆゑよく喋るねと言はれてしまふ

人に会ふにほとほと疲れて水戸の駅かけ降りて乗る帰りの電車

友達をほめつつ今日は疲れたり夕べに太る劣等感は

蟷螂が畳み損ねたやうな翅引きずりにつつ白壁くだる

風のなかけんめいに何か言ひゐしも夢のなかの人われを無視する

野外オペラ

逆光にとんびの足のほの朱し岬の空を傾けながら

十八時開演となる満席のシビックセンター新都市広場

ひたち野外オペラ「マクベス」　海霧につつまれゐたり汐の香満ちて

三時間の公演終へしもアンコール「ブラボー」ひびく今宵の日立

墓参

カッパ着た犬が引かれてゆく雨の道に垣根のアベリア匂ふ

今日パパの命日だねと娘のＬＩＮＥ「運命変へた日」と添へ書きされて

われよりも強き娘がこの夕べパパがゐたらとぽつりと言へり

押し入れの奥より転がる金色の尖が剝がれし東京タワー

ぴつたりとどの家の窓も閉まる夏どこかにゐさうだアリスとうさぎ

乗る人も降りる人もなき夫の里墓参のバスに花持ちてひとり

雨止みて木々の雫が落ちてくるウラジロ茂る墓への道に

盆前は人影のなき里の墓地に晴れながら降る夕がたの雨

小さき鈴の音

デパートの二階の本屋に黒揚羽しなやかに来て通路をめぐる

部屋の灯りつければ窓に水面のごとき空あり箪笥が映る

夜深き庭を横切る猫なるか湯船に聞きぬ小さき鈴の音

静かだね寂しい夜だね、メール送る人もなければ窓につぶやく

蟬の脱け殻

草ひけば蟬の脱け殻そこここにつかまる形に何もつかまず

明日の分と残ししやうに藪蘭の黒き実ふたつ鳥立ちし後

フェンスより飛び立つとんぼ目に追へばわれの頭を風がとほれり

ガラス窓を急降下して鴉ゆく夢の光景のやうな刹那を

ずり落ちて床に転べばかたはらに分身のごとく椅子が転がる

ベッドより落としし ペンを拾はむと屈めば屋根打つ細き雨音

受付にゆけど私の名札がない夢に探せどどこにもあらず

秋刀魚

雲ひとつ浮かべて明るき宵の空地球儀ほどの艶もちてをり

夕ぐれに安くなりたる秋刀魚買ふたつぷり入れし氷が重い

この夕べ草の宿りの心地する月明りの部屋に虫の音の満つ

広ごれる田の破れ蓮は今ちやうど飛び立たむとする雁の群れなり

秋の日の茶の間の障子の切り貼りに「古橋」の大き顔がありにき

熱き茶をゆつくり飲みてしみじみとおいしいと言ひぬ死の三日前の母

さあさあさあ老いたる母が言ひにける朝食の席立ち上がるとき

花見には墓の桜が一番と父の言ひにし桜はあらず

海が見えわが住む街の近づきぬ灯る漁り船沖にたゆたふ

少年の袋

降り出せば幾日も雨が降りつづく鬼怒川の堤切れてくづるる

「想定外」何でも彼でも想定外と日常語にはなつてはならず

時計の針十本もありて寝過ごししとあわててゐる夢よ雨に目覚むる

「きょうの料理」コウケンテツの炒飯のさくらえびが飛ぶわれの炬燵に

遡上の鮭ゐなくなりたる花貫川ひえびえと浄き水ながれゐる

べつたりとプラットホームに座り込む高校生をこの頃は見ず

こつそりと膝の上の袋確かめて笑みたる少年降りてゆきたり

少年の袋の中身はなんだらう日ぐれの列車風に遅るる

風切りて赤浜の砂を歩きたし萌葱のジョギングシューズ購ふ

満月

朝まだきゴミ持ちしまま転びしをフェンスの鴉に見られてしまふ

ひと山を緑削られ現はるる一面黒きソーラーパネル

喜びて子らが手を振る画面のなか振らぬ子のをりわが子かも知れず

月のうさぎ餅搗きはじめてゐるならむ娘らと作りし餃子が焼ける

満月を呑みこまむとゆく鳥なるか羽音の聞こゆ厨の窓に

ゴミ置き場清掃当番してをれば電線の鴉がわれを監視す

霧ケ峰は膝下まで雪があつたねと若き日の友と秋の茶店に

新宿発夜行列車にゆきにしともう百年も生きたるやうに

少ししか滑れないのに東京のマンモスリンクに若き日のわれら

ソーラーパネル

川むかうに霧立ちこめて牛の声くぐもり聞こゆバス待ちをれば

牛の声霧に吸はるるか曲線となりて流れ来牛舎は見えず

あまたなるソーラーパネルに囲まれて黒き男が何かしてをり

をちこちにソーラーパネルが置かれゐて芥になる日思へばおそろし

工場の跡地は一面ソーラーパネル高き煙突の疾つくに無くて

猿が野うさぎが

幼らのゐなくなりたる団地にはリフォーム勧める男らの来る

男らのほんなら……と話す声工事の若きら関西弁なり

野生の猿が出没するとふ近づかない、 目を合はせないと回覧板に

山削られたうとう猿が野うさぎが市街地までも追はれて来たる

午後の日のガラス戸に映る雲ひとつ水面に揺らぐ影のやうなる

山際に流るる霧のほの赤く雨後の夕陽に照らされてをり

日立港第四埠頭

ケータイを見つめてにやける男をり朝の電車は稲田を走る

はろばろと筑波山見ゆる日立港羽音を立てて鴉よこぎる

北海道産牛乳はここに着くといふ白きタンクを積みし船見ゆ

日立港第四埠頭にひとり来て眺めてゐれば涙出で来る

ワッペンのごとく海星が桟橋に幾人の靴に踏まれただらう

手を振りて見送るわけではないけれど港といふは寂しきところ

打ち寄せる波果てしなき岸壁に張り付く貝が波引けば見ゆ

平日の岬レストラン満席で老人ホームの食堂のごとし

川べりの土手に干し草燃やしたる跡がかさぶたのやうに残れり

灯の下にタオルを干せば黒き影床に動けりわが手の影が

放牧の馬のたてがみ靡く夢に目覚めて聞けり夜半の村雨

すみつかれ

陽のひかりにきらめきながら落ちてゆく大き鴉が朝のガラスに

ちらちらと小雪舞ふ朝「すみつかれ」のレシピ教へてと娘のＬＩＮＥ

やうやくにその味覚えしすみつかれ婚家を出でし後一度も作らず

久しぶりに息子の車に送らるる病院にゆくはよきにあらねど

停車して打ち寄せる波見てをれば車が前に動く感じす

ヘルメットをかぶる四、五人大通りの百本余の桜に肥料やりをり

冬空を鳶の一羽が旋回す診察を待つ二階の窓に

雲ひとつなき冬空の遥かなり四十二年もの言はぬ夫

乾涸びた唐黍のやうな鬚垂らし仙人あらはる今宵の夢に

片明り

スーパーに入らむとすれば末の子のやうな少年われにぶつかる

子らのことはどうでもいいよ　もういいよ朝空伸ばして鳶旋回す

冬の海と同化するごとく車窓には鯖色の車海沿ひをゆく

病院の大き建物に入りゆけばはや病人になりし気配ぞ

通り雨の過ぎたる夜空の片明り眉月ぽかんと上向きてゐる

生姜湯

朝の陽の花貫川に降りる鷺前のめりなる一羽もをりぬ

海風にポニーテールの髪揺らし少女は歩む猫に紐つけて

金色に光る尾つぽが見えにつつ朝の側溝に貂が入りゆく

裸木を小さく揺らして風わたるコロナウイルスの報道止まず

昨夜の風に飛ばされて来しチリトリが日をあびてをり裏返しのまま

パラパラと何か落とされてゆくやうに白き蝶低く菜園を舞ふ

生姜湯熱きを飲みていざゆかむゴミ当番のカラス見張りに

どれ位続くのだらうコロナ禍は　苺の蔕をとりつつ思ふ

茨城に初感染者出たといふテロップ流る相撲中継に

白くしろく照る冬の月　死といふは冷たくなること亡夫(ちち)となりし父

手触るれば父の額の冷たさよ死をはじめて見し十六の冬

西日のなかに

この話もう止めようと娘のＬＩＮＥ少しづつちがふけふのお天気

磨硝子の窓に柿の葉の影揺れて鵯（ひよ）さわぎをり西日のなかに

さつきまでキッチンの窓にさわぎゐし鵯飛び立ちて夕暮れの来る

疫病はまだ続くのか『羅生門』の雨の夕闇ふと思ひたり

昨夜(よべ)の雨上がりし庭のあたたかさ尾つぽの青き蜥蜴出で来よ

春人参

きのふけふ誰とも話をしてをらず夕べの「笑点」見ても笑はず

電線に山鳩をらず風あらず籠り居のわれ又食べてをり

コロナ禍が終息したらひとり旅ホテルのプールでまづ泳ぎたし

数本の飛行機雲ある春の空用あるごとく川土手をゆく

紫木蓮はらはらと散りて電線に山鳩動かず窓辺に見れば

霧晴れて沖まで明るき春の海黒き鴨らが一列に浮く

久に来し八百屋の店先葉のつける春人参が山と積まるる

川土手

川土手は刈られた草の積まれゐて雨降れば著く草の匂ひす

鶯の鳴き声つたなく川土手の霧の中より途切れとぎれに

透明のタッパーにらつきよう詰まりゐるわが為だけに漬ける一キロ

酢に漬けしらつきようつんと冷えをらむ夜のベッドに思ひてゐたり

鳶の舞ふ空に雲あらず公園の一斉草刈り中止の日の朝

坂道を横切る鴉の急ぎ足つばさあること忘れてをらむ

万能をかつぎて坂を下り来るひどく老いし父うたた寝の夢に

この度も「わけ、で、ございます」宰相の答弁消して米研ぎに立つ

六月の空くきやかに飛行機雲むくむくと肥ゆ風の湿りて

ゆりの木

海風に吹かれて育ちし枇杷ならむ皮に茶色の染みの深しも

枝つきのまま友達が持ちくれし枇杷の実丸しかすかな渋み

公園にゆりの木の花見にゆかむ三ヶ月ぶりのバス乗り継ぎて

荒草に雨後の水滴かがやきて朝のバス停われひとりなり

ゆりの木に花はすつかり終はりゐてつんつん青き実上向きてをり

公園に降りゆく階のかたはらのゆりの木の太き肌に手を触る

ゆりの木の青き実堅し押印のごとく残れる蕚の形が

帰り来て玄関開ければ背後よりひとつ澄みたる鶯の声

空晴れずまだ雨降らず前山はけぶらひにつつはやも日暮るる

ジャングルジム

昼食の冷し中華の卵焼く一枚二枚　眠たくなりぬ

菜園の茄子は葉ばかり育ちたりたつたふたつの光るむらさき

実をつけること忘れしかなす二本夕かぜに葉がざわざわと鳴る

絵を描きてゐて子の落ちしジャングルジムふと思ひ出すけさの高空

学校より電話かかり来し夏の日よジャングルジムより息子の落ちて

雑草の伸びしままなる公園にブランコふたつ重さうに垂る

公園のブランコふたつ草のなか人住まぬ街に残れるごとく

南瓜

夜の部屋に猫の鳴き声聞こえしも雨音に消ゆ夢のごとくに

黒く光るでんすけ西瓜が店頭の椅子に鎮座す五千円といふ

どつかりといかついい南瓜を頂きぬ友が初めて作りしといふ

お前になど切られてたまるか傷だらけのごつき南瓜が俎板の上に

月末に捲るカレンダー七月をめくれど八月の来ると思へず

残月白し

西空に残月白し鵯らさざ波のやうに流れてゆけり

白鷺は黄泉の国から来たやうだ池の面しづかな秋の昼なり

風出でて水面の細き水皺に羽毛ひとひらわづかに動く

この朝は牛のをらざりし四、五頭はいつもをりたる放牧の野に

「猪出没」特急回覧板に載り海辺の町の班内めぐる

コンビニの冷蔵棚よりペットボトルとれば奥より手が出る気のす

海近き路地を曲がれば褐色となりし縄暖簾下がる店あり

七輪に割箸燃やす男をりステテコのまま海近き路地に

疲れ切りし夕べ思ほゆ古里の納屋に吊るされて並ぶたまねぎ

鳥　達

新種なる野菜のごとし葉つぱなきブロッコリーが畑一面に

鳥達は蕾のおいしさ知らぬらしブロッコリーの葉のみ食はれぬ

ももいろの夕暮れの来て田の畦の白鷺飛び立つ羽おもたげに

さう言へば雀の数の減りたるかことしの稔り田案山子のあらず

いつせいに稔り田飛び立ちし雀らよあの雀らはどこへゆきしか

畦道をにんげんひとり歩みゆけば雀の群れがかならず発ちしを

歩きつつマスクの下のわが口が半開きなるとふとも気付きぬ

マンモグラフィー終へて立ち寄るコンビニにふつと痛み来胸のあたりが

うろこ雲

ぱらぱらと金木犀の花の散る庭の段差につまづきにけり

信号を渡る小学生みなマスクして今朝も走る子をらず

畦道の彼岸花の群れ照らすかに空いつぱいのうろこ雲なり

川べりに取り残されしわれなるからうろこ雲の空あふぎてゐたり

風邪の時に来たる内科は休診と青き波の絵下りてをりぬ

菊の酢の物

大根の葉がわつさりと盛り上がる三角畑に朝の陽満ちて

椎の木のうす暗き洞にノキシノブ濡れたるやうな葉つぱが垂るる

ひとり居のおそき朝食豪華なり菊の酢の物ひかりかがよふ

うしろ家の柚子に鵯（ひよ）らがさわぎをり昨夜からの風まだ吹き止まず

光りつつあな美しきムカデかな玄関口をするすると行く

宵の三日月

十二月五日午前五時気温三度庭一面に霜の降りたり

古里は師走夕映えか先生より太く張りたるれんこん届く

れんこんの尖端の小さきひとふしを切ればサクサク水滴のとぶ

昼の坂のぼりてをれば乗客がからつぽのバスわれを追ひ越す

一日を吹き荒れし風止みにしよ宵の三日月は電柱の上に

冷蔵庫に去年よりありし王林の赤味帯びをり日焼けのごとく

快晴の窓辺にひとりスクワットす外出自粛はいまだに解けず

冬の日のたんぼに出でて凧揚げをする子らのゐて昭和のごとき

黄の蝶が誘ふやうに洗濯物干すわが足元にまつはりてとぶ

夕光（ゆふかげ）は路地の奥まで差し込みて猫一匹の影が横切る

あとがき

二〇〇八年から二〇二〇年までの約十二年間の作品から三六一首を収めた。歌の配列は編年体によらず少し前後して編集したところもある。七十代の時期の第五歌集になる。

東日本大震災の後の余震、大雨による災害の恐怖、そしてコロナ禍、そのような日々に急かされるように歌集出版を決めた。しかし、歌はまだまだで、歌は本当に難しい。自分を超えるような歌はまだ詠めていない。

歌集のなかほどに、

冬の窓にぶつかりし鳩がばたばたとつばさ立て直し飛んでゆきたり

という歌がある。

私の住む高萩市は人口、三万人弱の自然がまだ残る小さな街である。夕ぐれには、西日のなかキッキーと鳴きながらキッチンの窓を光らせて鳥がわたってゆく。私はそんな鳥たちにいつも励まされているのだ。そんなよく晴れた冬の日、二階の出窓に鳩がドン、とぶつかった。あっ！と私は思わず立ち上がって、大空に飛んでいったあともしばらく立ち尽くしてしまった。あー私も何度小さなつばさを立て直してきたことか、とそんなことを思ってしまったのだ。

大きなつばさをひるがえして冬の空へ飛んでいったあの日の鳩に因んで、タイトルを『冬のつばさ』とした。

ご多忙のなかを花山多佳子氏には帯文をいただきこの上ない幸いです。ありがとうございました。

出版にあたって、青磁社の永田淳氏、装幀の花山周子氏にはたいへんお世話になりました。厚くお礼申し上げます。

二〇二一年五月

大塚洋子

著者略歴

大塚洋子（おおつか・ようこ）

1942年茨城県生まれ。1988年「朝日新聞茨城版」森岡貞香選に投稿を始める。1992年「茨城歌人会」入会、1995年「塔」に入会。『半開きの門』にて茨城文学賞受賞。『衝羽根』にて日本歌人クラブ北関東ブロック優良歌集賞受賞。

現在、「塔」会員、日本歌人クラブ北関東ブロック茨城地区幹事、茨城県歌人協会常任理事。

歌集『沙羅の花』『雲迅く』『半開きの門』『衝羽根』共著『大野誠夫秀歌鑑賞200』他にアンソロジーなど。

塔21世紀叢書第388篇

歌集　冬のつばさ

初版発行日　二〇二一年七月二十七日
著　者　大塚　洋子
高萩市島名二五五五—一七（〒三一八—〇〇二三）
定　価　二五〇〇円
発行者　永田　淳
発行所　青磁社
京都市北区上賀茂豊田町四〇—一（〒六〇三—八〇四五）
電話　〇七五—七〇五—二八三八
振替　〇〇九四〇—二—一二四二二四
https://seijisya.com
印刷・製本　創栄図書印刷

ISBN978-4-86198-501-0 C0092 ¥2500E